鈕扣

你是因為，你是所以

——

DOROTHY

前言

將生活串聯起的，不只是分秒日月，還有離合悲歡。

歷經大大小小的事後，人生得以完整，如衣上一排的鈕扣，都依序扣上了，就體面。而大大小小的事，便是那些鈕扣。扣住每一次的相聚，每一次的別離，每一次的支離破碎，每一次的完美無缺，把每一次都扣好了，也圓滿了。

寫這本書時，我不斷的在回想、思考，從童年到年少青春，從戀愛到老去，我記得些什麼？我看到了什麼？有沒有可能我只記錄朗朗雲天，而忘卻瀟瀟風雨；有沒有可能我被良善蒙住了雙眼，而忽略殘酷不曾消逝離去？事實是這樣的，任何情感我都還深刻，深刻到有時想起來還是會笑，有時還是會痛，原來笑和痛都相同，太專注的時候，會忘記怎麼呼吸。

因此我翻了一遍又一遍的回憶，坐了一日又一日的黃昏，想爸爸媽媽，想姐姐哥哥，想老師和朋友，想所有在心裡的停

留，我不怕痛，不怕遺憾，但我害怕不再感受、不再熱愛生活。相信我們的人生都熾熱，你的故事中一定有哪個部分比我的還精采，你的青春也許比我的還瘋狂，你的戀愛也許比我的還刻骨，你的老去也許比我的還完滿。也或許，我們皆是那滿天的繁星，眺望山谷上的天空、和海的天際，就能望見一整片的燦爛。我知道，那不是煙火和流星的稍縱即逝，而是將在光年之後依然閃閃動人的靈魂，有你的故事，和我的篇章。

汲汲營營的，與時間賽跑，期許在每一個人生的階段能獲得比別人更多的絢麗璀璨，所以勤奮努力。跑壞了腳，看花了眼，走亂了方向，牽錯了手，都在所難免，如果錯過是必然，那相逢也是安排，盼望你能和我並肩共讀，靠窗細數，除了分秒日月之外的，離合悲歡。

將生命串聯起的，不只是春夏秋冬，還有酸甜苦辣。

Dorothy 二〇一六年十一月

目次

CHAPTER 3

Fall In Love

戀愛

CHAPTER 4

Grow Old

也許以後啊，

CHAPTER 1

Childhood

童年

適應

童話裡的故事，是美好動人的文字。
餐桌上的眼睛，是隨性偽裝的嚴謹。

一字一句。
一舉一動。

一分一秒。
一朝一夕。

都等著被習慣。
都等著去習慣。

習慣被習慣的一輩子。
習慣成為家的一分子。

2

照片

喀嚓！

喀嚓喀嚓！

（姐姐總是喜歡在鏡頭前扮醜，各種鬼臉、令人匪
夷所思的動作。有了她當榜樣，我和哥哥只好有樣
學樣，姐姐莫名成為了師傅，徒兒們也盡力模仿。）

鏡頭後方，是不變的兩個人。

從黑頭髮默默的站到白頭髮。

只求一個我們微笑歡樂的時刻。

只盼一次能將歲月留住的可能。

3

家常便飯

淋一點醬油，撒一些香鬆。
炒一點肉絲，放一些洋蔥。

沒有華麗的大魚大肉排場。
只有簡單樸素的家常便飯。

熙攘吵雜的飯桌上，嘿，你聽懂了嗎？你看懂了嗎？

那是一種名為「家」的語言。
那是一頁屬於「家」的情節。

約定

你說盡力就是滿分。
不論及格或不及格。

你說跌倒了就再站起來。
不論花多少時間克服挫折。

溫柔的夜裡你總是輕聲道晚安。
從不知道我在夢裡也回了你一句。

回了你一句我會努力。
回了你一句我會相信。

回了你一句我會遵守約定。
回了你一句晚安，晚安，我親愛的你。

床邊故事

公主放下了她金黃色的長髮。
於是愛找到方式爬進了高塔。

美人魚喝了藥水換來一雙腿。
愛讓她失望但她卻選擇成全。

害怕時就把雙眼睜大，想像畫面時再把雙眼闔起。
述說故事的人還是依然沉著細語。

說童話、說魔幻、說未來、也說過去。
說愛情、說友誼、說世界、也說自己。

認真聽，原來所有的故事裡都藏了一份期盼。
期盼你聽得出，他們害羞而沒說出的，字句。

三個字，關於你。

6

一幅畫

所謂的家應該要有什麼樣的輪廓？
除了煙囪是否還要再加一些什麼？

再加一片花園，用幾株玫瑰點綴。
再加幾張笑顏，依據誰的身材繪製在花園旁邊。

於是天真也被畫進了每個顏色。
於是老師給每位同學打了滿分。

幾十年後的某日，陽光燦爛的下午，在爸媽房間的
書桌裡找到這張褪色不再鮮明的畫。

啊！原來還在！

家的輪廓還在。

天真和笑顏也還在。

是永遠都會在的，對吧。

生氣

我們說了各種的理由，在玩具櫥窗前，僵持。

一張是淚珠不停滑落的小臉。
一張是掛了無可奈何的雙眼。

今天晚上不牽手回家。
不擁抱說晚安。
不微笑看對方。

隔天早上，身邊放了昨晚在玩具櫥窗前看到的夢想，
用力揉了雙眼，以為還在作夢。

什麼？你問我不生氣了啊？
唉呦！那是昨晚的事啦！

天不怕地不怕

許多求學時期的朋友結了婚，甚至有些還生了小孩，
我問他們怕不怕，大多數的他們，都說不怕。

二十初歲的小男孩小女孩，養育一個全新的生命。
生命延續了生命，家庭延續了家庭，愛延續了愛。

問我？我很怕。

要怎麼將完整的愛給予下一代？
要怎麼規劃多了未知數的未來？
要怎麼把自由拿去換心碎心動？
要怎麼捨得犧牲年輕時間夢想？

爸媽，你們怎麼都不曾說怕？
怎麼只老是說不要怕、愛你所做、做你所愛？

9

一雙運動鞋

穿在你的腳上，可以是五年。
穿在我的腳上，只剩五個月。

於你而言，破了就補，補了再穿。
於我而言，破了就買，買了再買。

漸漸的鞋櫃被五花八門的運動鞋塞得滿滿。
鞋櫃裡也有像住宅區分的貧窮區與富貴區。

像是里約熱內盧沿山興建的房子。
高低錯落、花紅柳綠的熱鬧光景。

換來一雙運動鞋的代價是多少汗、多少咬牙的堅持？
原來這裡塞滿的，不過是溺愛，和沒有回報的投資。

CHAPTER 1 童年 　 25

10

一碗蛋粥

一天炎熱的早晨，發了高燒，流了一整床的汗。為了走到你面前，身子被自己半拖半拉的，眼神渙散，頭髮更像剛淋過雨般濕黏。

你看到後，馬上放下手邊的工作。
把我放進汽車後座，載去了診所。

細細的聽著醫生說話的你的神情裡，其中一雙堅定的眼，令人感到安心，心裡竊笑的想著，你比醫生更像醫生。

回到被窩後不久，你輕聲敲敲房門。
廚房熱烘烘的，桌上卻新擺了碗盤。

一包剛從診所裡拿回來的藥。
一片剛從市場買來切下的西瓜。
一碗剛從鍋子裡舀起的蛋粥。

和一份真摯，一份擔憂。

著急

沒寫完的功課。
沒結束的遊戲。

沒接通的電話。
沒回覆的訊息。

沒出現的熟悉身影。
沒適應的叛逆回應。

生活裡總是會有一個人比自己著急。

生怕少看一眼就會遺憾。
生怕少見一面就會陌生。

生怕晚了一步就再也來不及。
生怕靠近也只會變得更疏離。

被時間綁住的人，往往是受不了自由的人。

總是習慣把自己綁在別人身上。
於是所有的情緒，也只關於他。

12

回家的路

放學鐘聲響起，司令台的廣播聲，伴隨著雨滴，落
在校園的每一寸土地。

校門口的爸爸們和媽媽們撐著五顏六色的傘。
望著各里各路的路隊裡，是否有熟悉的身影。

有些隊伍走上了天橋。
有些隊伍走進了小巷。
有些小孩脫離了排列奔向父母手中的另一把小傘。
有些小孩則是撐著小傘等家中的誰記起他的驚慌。

於是我們牽起了手，在黃昏的雨中漫步。
於是你開始細說你要準備什麼樣的晚餐。
在回家的路上。

滴滴答答。
滴答滴答。

像時間在走的聲音，也像雨落下的聲響。

是時間在走嗎？還是又下起了雨？

不記得了。
只記得有你。

一條卡通毛巾

「家裡還有新的。」你無奈的說。

總是幻想自己是主角，在半小時的動畫裡與劇情一
同成長。
總是把劇情當成真正的經歷，除了勇敢正義，也遨
遊天際。

幻想與夢想是一個小孩的全部。
沉默與不忍拒絕是父母的服輸。

「要先把家裡的用完，才可以用這條，不允許浪
費。」你還是微笑了。

還不允許用的時候，就先偷偷掛在房間裡頭。
日日夜夜的一再確認，夢想還在，我也還在。

14

OK 繃

小孩是不帶藥在身上的，他們只懂得受傷，就算不
處理也會自己好起來的，世界也一樣。

不記得從什麼時候開始，慢慢地學會了照顧自己。
不記得從什麼時候就不再相信，傷口會自己痊癒。

很久以後的某一天，終於領悟。

世界上大大小小的事，都有人在守護。
世界上大大小小的家，都有人在保護。

像 OK 繃守護了傷口。
像關心守護了寂寞。

像鼓勵守護了脆弱。
像星星守護了夜空。

像你守護了我。

旅行

彎彎曲曲的小路。
冷冷清清的店鋪。

被遺忘的歷史和故事。
被記起的回憶和價值。

關於與家人出遊的印象，你是否還記得那些地方以
及特別的當下？

在水泥森林裡迷失。
在鄉間田野裡熟悉。

曾經看過的風景。
曾經走過的村里。

隨著歲月，漸漸的消失與模糊。
即便每一次的旅行都被精心的設計。

傘

不是被壓在書本的最下方。
就是被忘在記不起的地方。

關於被認為最方便也最麻煩的傘。

淋一場雨對小孩來說不是什麼痛苦的事。
處理一個全身濕透的小孩卻是頭痛的事。

但小孩子總是粗心的。
但父母們總是寬容的。

往學校和補習班送傘。
往公園和同學家送傘。

像快遞一樣。
在最需要的時候到達。

17

機車後座

街道、公園、橋、河水、學校、晚餐、家……。
景色和目的地總是一樣的，日復一日，年復一年。

從這個角度看的世界，是溫柔的。

因為迎面而來的風和雨，總是會先被坐在前方的人
擋下。
因為即使錯過了什麼，總是還有機會慢慢回頭回顧
回應。

幾十年過去了。
市容是越來越整潔。
攤販是越來越年輕。

連接鄉與鎮的橋也上了新漆。
延續生活的市場也乾淨整齊。

唯獨前方的人。

脖子上的細紋多了不少。

從安全帽裡跑出的頭髮也逐漸斑白。

背影看起來是孤單的。

但事實是，每當你背對著我，我才有更多勇氣說出
感受。

每當你背對著我，我才能將愛說得更清楚更明白。

18

分享

雨輕敲窗。
光灑進房。

這個樂於分享的世界，總是真實大方的展現自己。
要每個人看見聽見，要每個人承認完美和不完美。

起初覺得這樣是很自私的，但那時是為不知道只要願
意為自己負責就能為自己選擇。

我可以選擇戴起耳機，我也可以選擇聽雨細語聽沉靜。
我可以選擇拉起窗簾，我也可以選擇讓陽光溫暖空蕩。

我可以選擇封閉，我也可以選擇讓心寬廣。

童年裡你與我分享的那些故事。
像伊索寓言裡的那些故事。
像大人世界裡的大道理。

原來那樣的心靈是一種大方，不是自私。

你想幫忙誰理解世界。
你想幫忙世界了解誰。

你只是希望我們能打開心房。
讓未來住進沒有侷限的視野。

19

一碗麵

記憶中，有沒有什麼是你無法忘懷的好味道？

像是每當生病時飯桌上多放的一顆蘋果。
像是每當打完針藥袋裡偷放的一顆糖果。

像是趁著下課時間好朋友分給你的一塊巧克力麵包。
像是許久不見的誰特地為你帶來的一份熟食和飲料。

有沒有一種味道，是一輩子也忘不掉的美好？

有，一碗麵。

是爸媽在百忙之中抽空煮的一碗白麵。
是爸媽為了生活練習了好幾次的誠懇。

要怎麼忘記。
又要怎麼樣才能記不得呢。

CHAPTER 2

—

Youth

青春

20

小心翼翼

小心將真心摺起。
小心將心意交予。

不知道那時候為什麼總流行表白時要小心翼翼。
不知道那時候為什麼會覺得大方說喜歡很怪異。

於是小心翼翼的去迎合話題。
於是仔細謹慎的去表達內心。

渴望成為被渴望的存在。
害怕成為被害怕的特定。

青春歲月裡，也曾害怕孤單。
在那個年紀，也曾渴望陪伴。

在乎

「你知道我在乎嗎？」

原來是因為分手了所以哭得唏哩嘩啦。
原來是因為考差了所以今天不想回家。

電話裡的問句是出自焦急而不是責備。

「你真的知道嗎？」
「你真的在乎嗎？」

那時不成熟的感情觀裡，其中有一項是習慣一股腦
兒的將在乎丟在重視的人身上，而被在乎的他，常
常不能承受自由，所以也欣然接受友誼的洗禮。（友
誼的維持的確是一種考驗）

你知道我永遠站在你這邊。

不論在你心裡我是否一樣重要。
不論你是否真心理解我的困擾。

不論你是否一樣在乎我。
不論你是否一樣理解我。

練習

一次又一次，在鏡子前。
一日又一日，在心裡面。

迂迴的矛盾。
執拗的自尊。

要如何，偷偷的藏起來不被發現。
要如何，從臉上擦去心虛的疑點。

當你問起內心世界時，要怎麼表現出平靜。
當你談起未來規畫時，要怎麼表現出熱情。

你也會這樣練習自己嗎？

在喜歡的人面前常常沒自信。
在特別的你面前常常沒祕密。

所以只想讓自己看起來也美好。

所以練習了勇敢、自信和真心。

23

了解

當生活不再是彼此所了解的樣子。
當友誼不再是過去所假想的簡易。

當我們都有了新的生活。
當我們都有了新的承諾。

你是否願意，再重新認識我一遍？

經歷了大大小小的事後，別說你，連自己早也不是
原先的自己。
認識了形形色色的人後，別說未來，連過去也早已
陌生記不清。

但想念的時候，還是會想念到忘我。

謝謝你始終不停的試著了解我。
謝謝你在節日裡還記得來問候。

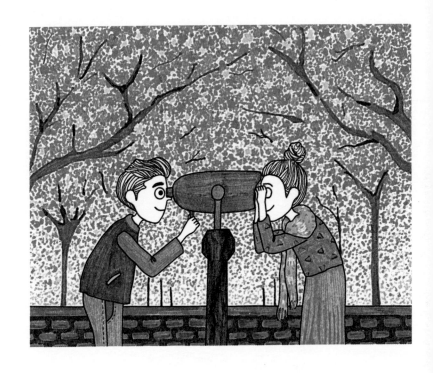

謝謝你還珍惜。

謝謝你還是你。

記得

你的生日。

你的顏色。

你的習慣。

你的原則。

你的執著。
你的信仰。

你的味道。
你的特徵。

你的好。
你的不好。

你。

一張卡片

每一年的現在都會出現。
每一年的想念不曾遞減。

熱鬧的大街上，陌生的臉孔來來往往。
沉默的信箱裡，溫柔的文字洋洋灑灑。

原來熟悉的溫暖一直都在，不論身在多麼不熟悉的
城市。

我知道，你還是把我放進了心裡面。
我知道，寫卡片的你努力不去打擾。

所以默默的，一年一次，寫給我也是寫給自己，證
明，真心的印記。

不厭

每天聊一樣的話題。
每天聽一樣的歌曲。

每天挽一樣的手。
每天見一樣的你。

囉嗦

反覆提醒。
重要，與不重要的。

耳邊輕語。
未來，與那些過去。

故事結束了以後，話語還在繼續。

像是在複習曾經。
像是在證明在意。

無論是哪一種用意。
還是一聲謝謝，謝謝你記得那些關於我的。

無論是好的，或是不好的。
無論是還喜歡著，或是沒那麼喜歡了。

耐心

等你熟悉我的字跡。
等你熟悉我的聲音。

等你習慣我陪你吃飯。
等你習慣我和你分享。

是認真的情感,是只想與你擁有的默契。
不只是占有,是信任的自由。

適應了彼此幾十年後,還有許多改變等著被適應。

等你蛻變成全新的你,我會選擇再重新熟悉你一次。

一封抱歉

爭執的聲音還在耳邊循環播放。
湛紅的傷害在黑夜裡特別顯眼。

誰也不讓誰說話。
誰也不比誰害怕。

失去了彼此，就找另一個誰遮掩孤單。
但是這樣真的好嗎？你真的能再找到嗎？

找到一個能一眼看穿你的人。
找到一個陪你大哭大笑的人。

有時大吵大鬧，卻又漸漸的收起脾氣放下面子。

你看見了吧，桌上又是一封道歉信。
（也許不是用文字表現，是用行為代替語言。）

30

有我在

大雨傾盆。
樹葉被打落了一地。

無助失落。
希望被數落了一夜。

眼神裡的憔悴。
微笑裡的傷悲。

你就像被雨打落的綠葉，明明還是青春的年紀，臉
上卻有過多的成熟和惆悵。

你在煩惱什麼？
你在衡量什麼？

我只想當拾起綠葉的那個人。
重新將你放在乾淨、不會再被傷害的地方。

好好對待，好好收藏。

一張便利貼

習慣，將令人害羞的話寫在紙上。
表達，內心的自己和隱藏的想法。

沒有華麗的信封包裝。
沒有制式的文法約束。

便利貼上寫下的，都是重要的註記。

你什麼都不知道。

加油!!!

祖祢。

啦!永遠都不會讀。

你今天怎麼了?

我也想你 ❤

不要說出去。

回家功課

聯絡簿上的交代。
耳提面命的叮嚀。

被教育成為一個有內容的人後，還是要繼續學習。

一起挫折，也一起經歷。
一起受傷，也一起痊癒。

學習的道路上，幸好遇見了你。

遇見了陪我失意和開心的大朋友。
遇見了給我鼓勵讓我振作的存在。

信仰

我的信仰是你。

放學鐘聲響起後，世界的遊樂場也跟著開放。

奔跑過的大街小巷。
停留好久的小攤販。

麵包車的聲音。
春夏秋冬的風。

雜貨店的味道。
唱片行的新曲。

那時的彼此，像一塊海綿，吸收了對方所有的好與
不好。
像一張空白的紙，寫滿了彼此的大事與小事。

你是我的全部。

那時的我，也是你的全部嗎？

34

原諒

能不能原諒我無故生你的氣卻不說原因？
能不能原諒我忘了約定把你留在公園裡？

能不能原諒我那一次沒辦法和你慶祝生日？
能不能原諒我交了新朋友後忘了與你熱絡？

能不能原諒我們當時的幼稚不懂事而慢慢的將對方
遺忘？

但我想，是因為太多太多的喜歡，所以才能夠發自
內心的放下。

因為太多太多的喜歡，所以原諒了那些遺憾。

CHAPTER 3

—

Fall In Love

戀愛

35

最特別

在人群裡也能一眼認出你的身影。
在吵雜裡也能一次聽出你的聲音。

不是你很奇怪，是你很特別。

於我而言。

鈕扣

你是因為，你是所以

———

DOROTHY

- 對摺線 -

※ 請對摺黏封後直接投入郵筒，請不要使用釘書機。

廣	告	回	信
台 北	郵 局	登 記	證
台	北	廣	字
第 2	2	1	8 號

時報文化出版股份有限公司

108 台北市萬華區和平西路三段 240 號 7 樓

第五編輯部優活線 收

《鈕扣》
Dorothy 手機殼
抽獎活動回函

只要您完整填寫讀者回函內容，並於 2017 / 08 / 18 前（以郵戳為憑），寄回時報文化，就有機會獲得由 Dorothy 親筆塗鴉的《鈕扣》專屬手機殼一個喔！

活動辦法：

1. 請於本回函填寫個人資料，並黏封好寄回時報文化（無須貼郵票），將抽出 3 位得獎者。

2. 得獎名單將於 2017/08/23 公佈在「Dorothy」和「優·悅讀」FB 粉絲團，並由專人通知得獎者。

讀者資料（請務必完整填寫，以便通知得獎者相關資訊）

姓　　名：　　　　　　　　　　　　　　□先生　□小姐
手 機 型 號：
年　　齡：
職　　業：〔H〕　　　　　　　　　　〔M〕
聯 絡 電 話：□□□
地　　址：
E-mail：

──────── 注意事項 ────────

1. 本回函須以正本寄回，不得影印使用。

2. 本公司保留修改活動與獎項細節權利，無須事先通知，並有權對本活動所有事宜做出解釋或決定。

3. 若有其他疑問，請洽專線：（02）2306-6600 分機 8215 許小姐。

花甜果室
鈕扣特調飲料
優惠券

於 2017/07/01 ～ 2017/08/15 撕取本優惠券截角至花甜果室消費「鈕扣特調飲料」，即可獲半價優惠。

地點：台北市大安區敦化南路一段 160 巷 40 號

時間：洽 (02)2711-0234 或花甜果室 FB 粉絲專頁

* 鈕扣特調限量 2000 杯。

* 本優惠券僅限消費「鈕扣特調飲料」，一張限用一杯，影印無效。

* 活動詳情可上「優·悅讀」或「Dorothy」FB 粉絲團查詢。

有效期限：2017.7.1 ～ 2017.8.15
《鈕扣》特調飲料
半價優惠券
限一杯·影印無效

36

等待

當我走向你，我也在等你走向我。
於是我們才能更近距離的問候。

當我找尋你，我也在等你找尋我。
於是我們相遇，於是相知相惜。

用幾十年的歲月，等對的人出現。
用幾十年的孤單，換對的人陪伴。

你覺得值得嗎？是肯定的答案吧。

37

一場電影

花一場電影的時間待在一起。
花一場電影的時間學習解謎。

讓你開懷大笑的劇情。
讓你害怕畏縮的設計。
讓你熱淚盈眶的勇敢。
讓你重新相信的情感。

哪一段情節裡，你的眼神最是堅定。

擠出一部電影的時間，然後肩並肩的，走進想像，
　　再找對方向，走出幻想，擁抱對方。

38

不打擾

靜靜的，待在你的世界之外。
慢慢的，用耐心蓋一座尊重。

喜歡你專注於工作時的嚴肅認真。
喜歡你專注於夢想時的穩重真誠。

所以我會在你的世界外頭等你。

等你願意讓我參與。
等你願意讓我熟習。

你的人生。

39

眼淚

是太多的在意。
是太多的占有。

讓人想掙脫，讓人難以承受。

在每一段新的關係裡，我們都是初學者。
在每一則愛的故事裡，我們都是青澀的。

愛得太多，或愛得不夠。
做得太少，還是做得不好。

模稜兩可的問題和答案，讓我們變得不再自信，
也膽怯不安。

於是夜晚裡發現自己再一次的失眠和無盡的想念。
於是夜晚裡發現自己再一次的懦弱和無盡的眼淚。

40

願意

用一個上午，與你手牽手在樹林中漫步。
用一個下午，與你肩並肩坐在海邊聊天。

也許時間是真的被誰快轉了，
於是日出到日落不過是兩小時的事。

願意用一個月的時間去拉近一公分的距離。
願意用一年的時間去練習成為美好的風景。
願意用各種舉動證明一個承諾。
願意用各種的方式證明一個字。

這麼不划算，只有你願意。

41

無時無刻的想念

關於你。

是天空。
是大海。

是歌曲。
是風景。

是書。
是夢。

無始無終。
無窮無盡。

無邊無際。
無聲無息。

是我一切的所見所聞，所思所念。

42

快速撥號

網路的便利。
軟體的發明。

雖讓距離不再是距離。
卻讓真心不再是真心。

方便帶來了隨便，在意卻被猜疑。

能不能給我一通電話？讓我聽聽話語裡的感情。
能不能浪費幾個銅板？讓我聽聽生活裡的溫暖。

當你拋開衡量與計較，你得到了什麼意外的答案？
當你真心想走進他的生命，你是否也會像我將他放
在特別的號碼裡？

43

平淡

貼心少了。
問候少了。
熱情少了。
主動少了。

但你還是你，我還是我。我們還是我們。

愛還是愛。

44

承受

因為親近，
所以總是毫不猶豫地將情緒第一時間宣洩。
因為熟悉，
所以把已知的缺點拿來攻擊對方的自信心。

理所當然的好。
自然而然的傷。

但好不會是理所當然。
傷害也不會自然而然。

45

放棄

不想太悲情，所以很少提過自己的委屈。
不想太掃興，所以很少說自己的不願意。

當你的臉始終只有一種表情。
當你的回應始終只有一種語氣。

那樣的你，是否還是自己。

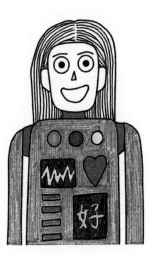

46

默默

如時間的流逝。
如日月的流失。

在故事的背後，緩慢、穩重的持續。

而你為我練習的愛。
就是那樣的存在。

47
諒解

沒有被通融的錯誤。
沒有被珍惜的當初。

沒有說開的當下。
沒有後續的情話。

也許是有心，也許是不小心。

但那些小雪球，還會越滾越大。
但那些瞬間，還是會日積月累。

諒解不一定是成熟的行為，只是太 ___。

48

一句晚安

亮起的街燈。
城市的繽紛。

冬天的風。
期盼的夢。

在夢裡迷失的人。
在愛裡迷失的人。

還在夜裡遊走。
還在默默問候。

49

成全

你不用仔細的向我說明你的未來。
你不用謹慎的向我解釋你的安排。

總是會有萬一。
總是會有意外。

總是會有誰一定要先離開。
總是會有誰最後留了下來。

走進誰的生活，再走進誰的世界。
搬離誰的心房，再變成誰的牽掛。

當僅剩的依賴被厭倦。
當僅剩的喜歡已消散。

重新尋找新鮮，也是理所當然。

50

成長

生氣時盡量不說話。
吃拉麵時盡量優雅。
難過時想想美好的事。
愧疚時寫寫抱歉的信。

是遇見你之後開始的事，開始嘗試，開始在意。

許多是做了之後才驚覺某部分的自己已開始改變。
更多是做的同時告訴自己繼續學習繼續努力前進。

誰是你成長的動力？
誰是你勇敢的原因？

51

擁抱

將手環抱住一個人，就能擁有全世界。

擁抱後的我們用相反的角度觀察歧異。
用相反的方向欣賞天際。
用相反的視野充實殘缺。

但不論角度、方向、視野如何改變。
你都會在我的風景裡面。

（欸，我不是在耍浪漫，我在說事實。）

52

陪你等車

來來往往的車，和來來往往的人。
迷茫焦躁的靈魂，和堅定穩重的眼神。

月台上的離別、相聚、未來、過去、愛情、友誼、
媽媽、自己、伴侶、你，全部都在消逝。
關於眼前的世界，關於當下的執念，關於一切。

所以我想陪你等車，
也許車來之前會世界末日。

所以我想陪你等待，
也許車來之後我還是會繼續站在這，
望著。

但我只想再見你一面。

但我只想再說一次再見。

即使你的下一班車，不再是我陪你等。

即使你的下一段旅程，不再是我親眼見證。

無論如何，車來之後，我只想記得你微笑的樣子，

祝福好事會和你的未來一同發生。

CHAPTER 4

———

Grow Old

也許以後啊，

53

真實

真實的生活不浪漫，不怎樣。
真實的面貌很平凡，很簡單。

愛不再被強調。
夢不再被崇拜。

熱情不復存在。

我們之間只剩下信任和依賴。

54

平凡

把音樂播放後各自做著不一樣的事。
把自己打理後各自開始全新的日子。

兩個人生活，卻擁有各自的自由。
兩個人分享，卻不打擾彼此的看法。

在一起之後，對於這個世界來說，我們還是平凡人。

但這樣的平凡很好。
但這樣的你很好。

很足夠，很美好。

55

溫柔

我能給你的，只剩好好對待。
我能給你的，只剩溫柔。

一切都太銳利，關於青春。

長久經營下來的感情，像是長久培育的花朵，經歷
開花結果、休養生息、重生，總以為她是堅強的在
成長，勇敢的在綻放，其實呢，她比什麼都還脆弱，
比誰都還害怕。

相處越久，越要溫柔相待。

56

答案

在彼此的身上找尋答案。
在彼此的肩膀找尋溫暖。

歲月的積累，讓你對於我來說不只是一個名字、
一篇沒有特別印象的故事。

我們常問，世界七十多億人，為什麼遇見了這樣的
一個你。

原來你從來就不是答案，你從來就只是個問題。

透過你我得到想要的自己。
透過你我得到想要的際遇。

透過你疑惑得以被印證。
透過你真心得以被淬鍊。

透過你，我找到正解。

57

負擔

不想成為負擔，但我們有的也只是重量。
不想成為羈絆，但我們有的也只是情感。

很難不去掛念。
很難不去注視。

你的笑，和你的好。
你的存在，和你的喜好。

那些都漸漸的成為了自己的一部分，時間累積成的
習慣，包含承受你所有情緒，包含接收你的給予。

58

認輸

認輸只是一種儀式。

為了能再牽起你的手。
為了能再吃你煮的粥。
為了能再聽到你的問候。
為了能再看見你的笑容。

為了以上結果，把自己放軟的儀式。

有時愚蠢，有時後悔。
有時明智，有時超值。

59

一個交代

我們不再迷信承諾，不再消磨期待，不再被動等待。

你說的旅行明天啟程。
你說的渴望今天成真。
你說的美食現在品味。
你說的願景現在實踐。

給的交代，只關於現在。
不是承諾，是絕對的未來。

60

一夜難眠

眼皮闔起，但所見影像取而代之的是你的臉。

從腦海裡浮出。

從黑暗裡顯現。

從心裡明白。

當你的心還懸在空中，又要如何將思念放下？

於是又把關於你的種種再次溫習。

於是又把關於你的表情再次熟記。

於是捨不得睡了。

（是太用力的想念，是自找的下場，一點都不灑脫。）

61

一雙肩膀

肩膀到底可以承受多少的重量？
一個上了幼稚園的小孩、深愛的人一輩子流的眼淚、
還是時代變遷留下來的約定與謊言？

世界末日也沒問題的嗎？
天垮下來也沒問題的嗎？
永永遠遠也沒問題的嗎？

誰說沒問題了？
在這時間的洪流裡我們只是一瞬間。
在這無邊無際的蒼穹下我們只是一粒塵埃。

但懷有愛的人總是瘋狂。

愛是沒有道理的浪漫。
愛是沒有道理的勇敢。

62

希望

燈是地面上的星星。
雲是天空中的風箏。

在入夜時、在起風時，大地和山、天際和海，形成了
一幅最美麗的畫。

畫裡沒有鈴蘭花，也沒有鳳尾花。
畫裡沒有彩虹，也沒有絢爛煙火。

但不華麗也沒關係，因為有你。

因為這樣的安排，所以我也有了一段無與倫比的歲月。
因為一路上有你相陪，所以我也擁有了一個新的世界。

害怕

如被風吹拂的樹葉。
如被光拋棄的種子。

如被你嫌煩的關心。
如被心忽略的真情。

都是生命力旺盛的東西啊，但遇見挫折，就會變成
沒有風吹拂也會顫抖的樹葉、即使有光也開不了花
的種子、就算不被嫌棄卻也逐漸冷淡的關心、沒被
心忽略但也不再被釋出或付出的真情。

誰不害怕受傷呢？
誰又願意為你受傷呢？

誰願意害怕呢？

誰又願意為你害怕呢？

64

說再見

透過車窗看你走遠的背影。
透過倒影看你微笑的神情。

縱然只是一趟短暫的遠行。
縱然只是又一次相聚後的別離。

但隨著年紀增長，再見成了最不想開口說的兩個字。
所以道別時改說「好」、「那先走了」、「路上小
　　心」、「下次見」、「好好照顧自己」……。

都是再見的意思，都是不捨，都是牽掛。

我們玩了不說再見的文字遊戲。
我們玩了不說愛的文字遊戲。

把再見說出口了，但你卻不知道我有多想留下。

「再見，我好愛好愛你。」

65

千言萬語

你問，一輩子有多長？
有多長？我希望永遠也走不完。

我希望陽台上的玫瑰永遠都不凋謝。
我希望日記本裡的照片永遠都鮮豔。

我希望沒有事與願違。
我希望沒有滄海桑田。

你是否看了我為你寫的每一封信。
你是否聽了我告訴你的每一個心情。
你是否讀了我想著你時寫的自己。
你是否還記得那些千言萬語。

大事和小事，都成了舊事。
大愛和小愛，都成了依賴。

你和你，都成了永恆的證明。

一輩子。

生生世世。

後記

十一月份的埃及還是炎熱的很，尼羅河上行駛的郵輪，像是沉默的織著衣裳的母親，將平靜的河織成帶有浪花的綢緞，河兩旁的荒涼沙漠便是這綢緞的主人身軀，有著神秘的前世和今生、聰慧及虔誠的靈魂，而我就在這奇幻的大地上，完成了最後一篇文字＜千言萬語＞。

在創作《鈕扣》的這段時光，我遭遇了一次這四年以來最難受的低潮期，沒有想與任何外人交流的欲望，也沒有想提筆畫出的溫暖情感，可能你也發現了，前陣子的作品都很銳利，溫柔的那一面不見蹤影，浪漫的情懷似乎也所剩無幾。

於是我想特別感謝我的家人，在我生病及意外受傷時替我打理生活、疲累不堪時講無關緊要的笑話、盡力不流露出擔憂的眼神、把食物放滿整個冰箱、把相聚時刻都安排得有趣。

把我照顧得好得不能再好。

謝謝我的摯友，在我消失時主動問候，陪我看海、陪我天馬

行空、陪我大喊亂舞、和我編撰世界上最神經幽默的陌生人故事系列、陪我做了一切可以放鬆身心的「健康運動」。

感謝我的編輯團隊與經紀人，給我足夠的時間創作，體諒我的迷茫，特地南下送上絕對的支持與鼓勵，更不用說多次的體貼關心，謝謝你們贊成我每一次的出走和旅行，理解我做的每一個決定。

最後感謝讀者，你們的溫暖留言，我能在夜裡反覆看好幾遍。

與你們相識是多麼驚喜的一件事，在知識大爆炸，資訊以光速在快速流通的這個世代。正因為時間不再是以秒為單位進行，緣分也不再是以書信及相聚的次數為單位而延續，因此我很珍惜這些瞬間，看重這些無法觸及的實體與相通的情感。

此時此刻，我心中有的只是無窮的感謝，和無盡的謙卑。

Dorothy 二〇一七年三月三十一日

祝福

給親愛的你：

豔陽天，即使不再是我為你遞水。
下雨天，即使不再是我為你撐傘。

委屈，即使不再是我為你難過。
感動，即使不再是我與你感受。

即使關於你的所有我都即將陌生。
我們都知道，終究會有別離。

生與死。
遠與近。
忘與記。
聚與離。

不論是哪一種形式讓我們不再熟悉。
不論是哪一種意外讓我們不再聯繫。

但是當想念的開關被開啟，還是會想念到心碎。

現在的你過得好嗎？

緊張時是否還是會將手握得好緊？

好友生日時是否還是會為他熬夜寫長長的信？

但願你幸福，祝福你幸福。

來自 _____ 2016

鈕扣：你是因為，你是所以

作　　　　　者 — Dorothy
美　術　設　計 — Rika Su
責　任　編　輯 — 楊淑媚
校　　　　　對 — Dorothy、楊淑媚
行　銷　企　劃 — 許文薰
董事長、總經理 — 趙政岷
第五編輯部總監 — 梁芳春
經　紀　公　司 — 艾朵國際股份有限公司
出　　　版　　　者 — 時報文化出版企業股份有限公司
　　　　　　　　　10803 台北市和平西路三段二四〇號七樓
　　　　　　　　　發 行 專 線 —（〇二）二三〇六—六八四二
　　　　　　　　　讀者服務專線 — 〇八〇〇—二三一—七〇五
　　　　　　　　　　　　　　　　（〇二）二三〇四—七一〇三
　　　　　　　　　讀者服務傳真 —（〇二）二三〇四—六八五八
　　　　　　　　　郵　　　　撥 — 一九三四四七二四時報文化出版公司
　　　　　　　　　信　　　　箱 — 台北郵政七九～九九信箱
時　報　悅　讀　網 — http://www.readingtimes.com.tw
電　子　郵　件　信 — yoho@readingtimes.com.tw
法　律　顧　問 — 理律法律事務所　陳長文律師、李念祖律師
印　　　　　刷 — 和楹印刷有限公司
初　版　一　刷 — 二〇一七年六月九日
定　　　　　價 — 新台幣二八〇元

鈕扣：你是因為，你是所以 /
Dorothy 著 . - 初版 .-- 臺北市：時報
文化, 2017.6 面；　公分
ISBN 978-957-13-7037-8（平裝）

855　　　　　　　　　106008625

時報文化出版公司成立於一九七五年，並
於一九九九年股票上櫃公開發行，於二
〇〇八年脫離中時集團非屬旺中，以「尊
重智慧與創意的文化事業」為信念。